Le Crabe et la Tortue

Denis CORDAT

# Le Crabe et la Tortue

Et autres petites pièces

Loi n°49-956 du 16 juillet 1949 sur les publications destinées à la jeunesse,
modifiée par la loi n°2011-525 du 17 mai 2011

© 2021, Denis Cordat
Édition : BoD – Books on Demand,
12/14 rond-point des Champs-Élysées, 75008 Paris.
Impression : BoD – Books on Demand, Norderstedt, Allemagne
ISBN : 9782322267545
Dépôt légal : avril 2021

Vous avez l'intention de monter une de ces pièces ? Alors, merci de lire la note ci-dessous.

## Note importante

Ces pièces de théâtre sont, a priori, destinées à un public scolaire, du primaire au collège. Elles comportent de nombreuses références à Mayotte.

Elles pourront être modifiées pour s'adapter à un autre public ou à un autre environnement culturel, mais toutes les modifications devront m'être soumises pour approbation.

Pour me contacter, mon adresse mail se trouve à la fin du livre.

Pas d'autres contraintes si l'entrée est gratuite.

Si l'entrée est payante, la législation sur les droits d'auteur[*] s'applique.

Dans tous les cas, mon nom doit figurer sur les affiches et autres supports annonçant le spectacle.

Merci de votre compréhension et… Bonne lecture !

---

[*] Article L.131-4 du Code de la Propriété Intellectuelle, « la cession par l'auteur de ses droits sur son œuvre (…) doit comporter au profit de l'auteur la participation proportionnelle aux recettes provenant de la vente ou de l'exploitation. »

A mes filles
A mes petits-enfants
A mes anciens élèves de Mayotte
A tous ceux qui ont rendu mes deux séjours inoubliables

# Présentation

Je ne sais pas si ce sont les parfums envoûtants de l'ylang-ylang et du jasmin qui m'ont grisé, mais d'étranges histoires sont nées sous ma plume lors des huit années que j'ai passées à Mayotte.

En métropole, on dirait que mon esprit s'est mis à battre la campagne mais, ici, il s'est mis à battre le lagon.

Et le lagon s'est mis à battre à l'unisson.

C'est de cet échange improbable avec les éléments que de petites pièces sont nées, sur une plage, comme les tortues.

C'est d'ailleurs une tortue imbriquée qui m'a soufflé l'idée d'une pièce de théâtre s'imbriquant dans une autre. Ainsi, un crabe et une tortue sont d'abord acteurs avant de devenir les spectateurs d'une pièce dans laquelle les personnages s'inquiètent de la mystérieuse disparition d'un professeur et mènent une enquête pour le retrouver.

Une fois le professeur retrouvé, car mes histoires finissent toujours bien, une autre courte pièce mettra en scène d'étranges créatures. Je ne saurais dire si les plus agaçants sont les personnages humains ou les petits insectes qui les importunent. A vous de juger.

Quand des élèves se lancent dans des argumentations délirantes en cours de biologie, la classe est vraiment très animée et on peut comprendre que le professeur ait besoin de repos à l'issue de ce cours !

Issue de secours ?

Oui, peut-être en rêvant d'un voyage inattendu et improbable sur le lagon. Une histoire comme celles que les grands-parents racontaient autrefois à leurs petits-enfants.

Quatre courtes pièces de théâtre, à lire ou à jouer.

# Sommaire

**Le Crabe et la Tortue – 1ère partie**  3

**« Le prof a disparu ! »**  9

**Le Crabe et la Tortue – 2ème Partie**  23

**Insectes**  26

**Les dodos n'ont pas sommeil**  37

**Barge buissonnière**  49

# Le Crabe et la Tortue

## Une histoire à ne pas mettre entre toutes les pinces !

Pièce en deux actes pour deux personnages.

## Acte I

*Une tortue avance péniblement.*

### Crabe

Où courez-vous comme ça, madame la tortue ?

### Tortue

Ce n'est pas gentil de vous moquer, monsieur le Crabe. Je suis fatiguée !

### Crabe

Je ne me moque pas ! J'ai entendu dire que vous aviez battu un lièvre à la course !

### Tortue

Oh, ce n'était pas moi, mais une lointaine ancêtre. Maman me racontait son histoire quand j'étais petite.

### Crabe

C'est drôle, je n'arrive pas à vous imaginer petite.

### Tortue

Pourtant, je n'étais pas plus grande que vous quand j'étais jeune.

### Crabe

Ah ? ... Je suis petit, c'est vrai, mais costaud !

*Il montre ces biceps et actionne ses pinces à plusieurs reprises.*

### Tortue

*Sur un ton sarcastique, en levant les yeux au ciel.*

Très impressionnant !

### Crabe

Mais vous en faites une tête ! Que se passe-t-il ? Rien de grave, j'espère.

### Tortue

Non, rien de grave. Je vais pondre, c'est tout.

### Crabe

Pondre ?

*Grandiloquent.*

Mais c'est merveilleux ! Donner la vie, quoi de plus beau ?

### Tortue

*Pas convaincue, elle prend un air triste.*

Ce n'est pas aussi simple !

### Crabe

Dites-moi tout. Je vois bien que ça ne va pas.

### Tortue

*Elle soupire.*

Vous avez-vu, là bas ?

### Crabe

*Tournant ses yeux dans tous les sens.*

Où ça ?

### Tortue

Sur la plage... vous voyez les gens avec des lampes de poche et des appareils photos ?

### Crabe

Ce n'est tout de même pas ça qui peut vous mettre dans un état pareil !

### Tortue

Si, justement ! Pourquoi croyez-vous qu'ils sont là ?

*Le crabe se gratte la tête et fait signe qu'il ne sait pas.*

Ils viennent me regarder pondre !

### Crabe

Et alors ? Vous avez de la chance d'être admirée ! Moi, personne ne m'admire.

### Tortue

Ah, vous croyez vraiment que c'est agréable d'être observée dans ces moments-là ? Est-ce que je vais voir les humains pondre, moi ?

*Elle sanglotte.*

### Crabe

Allons, allons. Il faut vous endurcir !

*Il tape sur la carapace, machinalement.*

Oh, pardon, j'oubliais. Vous êtes déjà endurcie !

### Tortue

Vous vous moquez de moi ! Si vous me connaissiez mieux vous sauriez que sous ma carapace il y a un petit cœur sensible qui bat.

### Crabe

*Il lui passe une pince autour du cou.*

Pardonnez-moi ! Je ne voulais pas me moquer de vous et je ne demande qu'à mieux vous connaître !

### Tortue

Oh, ce n'est rien, je vous pardonne. Mais vous ne pouvez pas savoir ce que c'est qu'une vie de tortue.

### Crabe

Parce que vous croyez qu'une vie de crabe c'est mieux ? Quand ils nous attrapent, ce n'est pas pour nous regarder mais pour nous manger ! Regardez mes pattes, mes jolies petites pattes. Elles vont peut-être finir couvertes de mayonnaise...

*Il pleure, puis il crie.*

J'en ai plus qu'assez d'être un crustacé !

### Tortue

Ah, ah, comme vous êtes drôle, vous !

*Puis, insistant sur les mots soulignés...*

<u>Plus qu'assez</u> d'être un <u>crustacé</u> !

Vous êtes... un pince-sans-rire !!!

*Elle lui donne une bourrade dans les côtes. Le crabe est projeté à un mètre d'elle.*

Oh, pardon, je ne sens pas ma force !

### Crabe

C'est vrai ça, ce n'est pas juste. Vous êtes une espèce protégée alors que vous avez assez de force pour vous défendre toute seule ! Regardez-moi. Je n'ai que mes petites pinces pour lutter contre notre ennemi commun.

### Tortue

Bon, vous voudrez bien m'excuser mais le devoir m'appelle. Je dois assurer la survie de l'espèce.

### Crabe

Allez-y, je vous attends ici.

*La tortue s'éloigne puis disparaît en coulisse et on voit de nombreux éclairs de flash.*

*Pendant ce temps, le crabe se livre à une pantomime. Puis la tortue revient, lasse.*

Alors ? Ça s'est bien passé ?

**Tortue**

Pas vraiment, mais j'ai fait ce que j'avais à faire. Je suis venu, j'ai vu, j'ai pondu !

**Crabe**

Et... vous vous sentez comment ?

**Tortue**

Plus légère... mais terriblement humiliée !

**Crabe**

N'y pensez plus ! Venez ! Faisons un petit bout de chemin ensemble. Ca vous changera les idées.

**Tortue**

Si vous voulez...

*Le crabe marche sur le côté et la tortue avance tout droit.*

Mais où allez vous ?

**Crabe**

Je n'y peux rien, je marche en crabe, c'est tout.

**Tortue**

Oui, mais moi je vais tout droit et, si nous n'allons pas du même pas, la conversation sera difficile !

**Crabe**

*(À une bonne distance)* Qu'est-ce que vous dites ?

**Tortue**

*Elle parle fort.*

Je dis que ça ne facilite pas la conversation ! Bon, revenez et restons sur place.

*Le crabe s'est rapproché. Moment de silence. Ils ne savent pas quoi se dire. Ils regardent le ciel.*

**Crabe**

C'est beau, hein ?

**Tortue**

Oui, c'est beau. Ma mère disait que les étoiles sont des œufs que des tortues pondent dans le ciel.

**Crabe**

Ah ?

**Tortue**

Et quand ils éclosent, les tortues tombent dans la mer. Ce sont les étoiles filantes.

### Crabe

*Très surpris.*

Ah bon ? Je croyais que les étoiles filantes étaient des météorites !...

*Reprenant, après un instant de silence...*

Et... vous habitez chez vos parents ?

### Tortue

Non, je vis dans la mer. Je n'ai pas de domicile fixe.

### Crabe

Vous êtes SDF, quoi !

### Tortue

En quelque sorte. Et vous ?

### Crabe

Moi, je vis dans un trou. Ce n'est pas grand, mais c'est chez moi. Je ne me plains pas.

*Il passe un bras autour de la tortue.*

Ça vous dirait de venir prendre un verre chez moi ?

### Tortue

*Elle le repousse*

Mon cher crabe, je vous vois venir ! Vous me faites les yeux doux, vous m'invitez chez vous... Vous ne seriez pas en train de me draguer ?

*Le crabe joue les timides.*

Vous devriez savoir que rien n'est possible entre nous. Crabes et tortues ne se mélangent pas. Est-ce que vous imaginez les enfants que nous aurions ?

*Elle fait comme si elle avait des pinces et se déplace comme le crabe.*

### Crabe

Ma tortounette, ne me repoussez pas. Je l'avoue, j'en pince pour vous ! Il y a longtemps que je voulais vous avouer mon amour.

### Tortue

*Elle lui donne une autre bourrade qui le projette à un mètre.*

Vous, alors !

*Elle reprend, faussement offusquée.*

N'oubliez pas que vous parlez à une future maman !

### Crabe

Ah, c'est vrai...Pardonnez-moi !

*Après un court silence gêné, il reprend*

Mais... le papa... votre mari... il est où ?

### Tortue

Je ne sais pas !

### Crabe

Comment ça ? J'avais entendu dire que les pères modernes étaient auprès de leur épouse dans ces moments-là.

### Tortue

*Elle essuie une larme.*

J'ai été séduite et lâchement abandonnée par un beau mâle. Ah... (*soupirant*) Il avait une si belle carapace !

### Crabe

Je suis désolé.

### Tortue

Vous n'y êtes pour rien. C'est ainsi que sont nos mâles. Toujours prêts à nous séduire et... toujours prêts à s'enfuir !

### Crabe

Le lâche ! Abandonner une belle créature comme vous !

*Se voulant menaçant...*

Ah, si je le tenais...

### Tortue

Merci, c'est gentil de chercher à me consoler.

### Crabe

Ma tortounette, ça vous dirait d'aller au théâtre avec moi ? Cela vous changerait les idées.

### Tortue

Pourquoi pas ? Quelle pièce est à l'affiche en ce moment ?

### Crabe

Elle a pour titre "Le prof a disparu !" On dit que la pièce est amusante et que les acteurs sont excellents. C'est d'un jeune auteur qui veut faire son trou... Comme moi !

### Tortue

*Elle lui donne une bourrade, en riant. Le crabe est projeté vers les coulisses.*

Attendez-moi ! J'arrive !

**Fin du premier acte**

# "Le prof a disparu !"

Comédie en un acte

## Personnages

par ordre d'apparition sur scène

- ❖ 4 élèves (A, B, C, D. Les prénoms importent peu)

- ❖ Ahmed, le surveillant.

- ❖ Madame Vigie, la C.P.E.

- ❖ La Principale

- ❖ L'élève en retard

- ❖ 2 gendarmes

- ❖ Fatima, la femme de ménage

- ❖ L'infirmière

- ❖ Monsieur Rousseau, le professeur

# Scène 1

*Les élèves de la 3ème A sont alignés devant leur salle. Il est sept heures dix et Monsieur Rousseau, le professeur de français, n'est toujours pas arrivé.*

## Les élèves ( A, B, C, D )

**A**

Le prof a cinq minutes de retard !

**B**

Ouais, c'est bizarre, il n'est jamais en retard.

**C**

C'est pas normal !

**D**

Qu'est-ce qui n'est pas normal ?

**C**

Ben, qu'il ne soit jamais en retard. Les autres profs, ils sont souvent en retard.

**A**

Arrêtez. Ca peut arriver à tout le monde de se réveiller tard.

**B**

Surtout si on a mal dormi !

**D**

Qu'est-ce que tu veux dire ?

**B**

T'as pas vu comment il regarde la prof de dessin depuis quelques temps ?

**D**

Et alors ?

**B**

Alors, lui et la prof de dessin… Tu vois ce que je veux dire ?
*Il mime une proximité entre les deux professeurs.*

**D**

Avec toi, c'est toujours les mêmes délires. Ça t'arrive de penser à autre chose ?

**B**

N'empêche, ça va faire dix minutes qu'on l'attend et il n'est toujours pas là.

*Ahmed, un surveillant, arrive.*

**Ahmed**

Oh, oh, rangez-vous les troisièmes. Qui est-ce que vous attendez ?

**Tous**

Le prof de français, m'sieur.

**Ahmed**

C'est qui vot' prof ?

**Tous**

M'sieur Rousseau, m'sieur.

**Ahmed**

Monsieur Rousseau ? C'est bizarre, il n'est jamais en retard.

**B**

Ah, vous voyez ! Qu'est-ce que je vous disais ?

**Ahmed**

Bon, on se calme. Vous allez me suivre en permanence.

**Tous**

Ouais, trop cool ! Pas de cours de français aujourd'hui.

**D**

Tu trouves ça cool, toi ? Tu oublies qu'on a le brevet cette année !

**C**

Le brevet ? On l'aura tous, on est trop forts !

**Ahmed**

Bon, arrêtez vos discussions, on se presse.

**Tous**

On peut rentrer chez nous, m'sieur ?

**Ahmed**

Pourquoi ? Vous n'avez rien, après ?

**B**

Ben, si m'sieur : maths, histoire-géo, anglais... Rien que des trucs pas importants.

**Ahmed**

Pas importants ? Vous êtes sûrs que ça va ? En permanence, et on se dépêche !

**Tous les élèves**

D'accord, on vous suit.

# Scène 2

*Dans le bureau de la CPE.*

### Ahmed

Monsieur Rousseau n'est pas arrivé. Vous savez pourquoi ?

### La C.P.E.

Non, il ne m'a pas appelé. C'est bizarre. Monsieur Rousseau n'est jamais en retard. Attendez, j'appelle la Principale.

*Elle décroche son téléphone...*

Allo, Madame la Principale. Monsieur Rousseau n'est pas arrivé. Vous a-t-il prévenue ? (...) Non ? C'est bizarre ! (...) Effectivement, Monsieur Rousseau est toujours à l'heure (...) En attendant, j'ai mis les élèves en permanence (...) Très bien.

*Elle raccroche et s'adresse au surveillant :*

Non, elle n'a pas été prévenue. C'est incroyable ! Monsieur Rousseau est un homme si sérieux et si bien élevé.

### Ahmed

A quoi pensez-vous ?

### La C.P.E.

Regardez : il est sept heures et quart. Monsieur Rousseau ne viendra pas à présent. Je suis sûre qu'il lui est arrivé quelque chose.

*La Principale arrive.*

Madame la Principale, avez-vous des nouvelles ?

### La Principale

Non, aucune. J'ai appelé chez lui mais personne ne répond.

### La C.P.E.

Je suis sûre qu'il lui est arrivé quelque chose.

### La Principale

Allons, allons, madame Vigie, il ne faut pas dramatiser. Il peut encore arriver.

*Après un instant de réflexion, elle s'adresse au surveillant.*

Ahmed, savez-vous où habite Monsieur Rousseau ?

### Ahmed

Oui, c'est tout près du collège.

### La Principale

Bon, alors allez-y et cherchez à savoir s'il est chez lui, si les voisins l'ont vu sortir ce matin. Bref, vous faites votre enquête.

### Ahmed

Bien, Madame le Commissaire, euh, pardon, Madame la Principale.

*Il sort.*

### La Principale

*à la C.P.E.*

On ne peut rien faire de plus pour l'instant. Prévenez-moi quand Ahmed sera rentré.

### La C.P.E.

D'accord, Madame la Principale. Je vous préviendrai dès son retour. Mais je suis sûre que...

### La Principale

Oui, je sais madame Vigie… vous êtes sûre qu'il lui est arrivé quelque chose. Vous l'avez déjà dit !

*La Principale sort, levant les yeux au ciel.*

*Un élève arrive, en retard, avec un motif fantaisiste.*

### La C.P.E.

C'est à cette heure-ci que tu arrives ?

### L'élève

Ben, oui m'dame.

### La C.P.E.

Montre-moi ton carnet.

*Elle tourne les pages...*

### La C.P.E.

Et tu trouves que c'est une excuse : "Je dormais" ? Moi aussi je dormais cette nuit, mais ce matin je me suis réveillée. Et puis, je dormais "a,i,t". C'est comme ça que tu apprends tes conjugaisons ? C'est quoi la fin de "je dormais"?

### L'élève

Ben, la fin de "je dormais", c'est "je me réveillais", m'dame.

### La C.P.E.

Qu'est-ce que tu me racontes ?

### L'élève

Ben oui, m'dame. Quand j'ai fini de dormir, je me réveille.

### La C.P.E.

Ce n'est pas ce que je te demande ! Comment écris-tu la fin de "je dormais" ?

*L'élève réfléchit longuement, en se frottant le menton.*

Alors, ça vient ?

**L'élève**

Oui, oui, m'dame. La fin de "je dormais", c'est "è", m'dame.

**La C.P.E.**

Comment ça, "è" ?

**L'élève**

"è" ! un "e" avec un accent dessus ! *(Imitant la chèvre)* "èèèèè"…

**La C.P.E.**

Non, ce n'est pas "èèèèè", bougre d'âne, mais « ais », "a,i,s".

Ces élèves vont me faire devenir chèvre ! Bref, ce n'est pas le problème. Pourquoi est-ce que tu dormais à l'heure où tu aurais dû te lever ?

**L'élève**

Parce que j'avais sommeil, m'dame.

**La C.P.E.**

Tu te fiches de moi ?

**L'élève**

Non, m'dame.

**La C.P.E.**

J'ai bien envie d'appeler ta mère.

**L'élève**

Faites pas ça, m'dame !

**La C.P.E.**

Ah bon ? Et on peut savoir pourquoi ?

**L'élève**

Elle dort encore, m'dame.

**La C.P.E.**

A cette heure-ci ? Et ton père ?

**L'élève**

Je sais pas, m'dame.

**La C.P.E.**

Comment ça, tu ne sais pas ?

**L'élève**

Il ne dort pas à la maison, m'dame.

## La C.P.E.

Quelle famille ! Une vraie histoire à dormir debout ! Allez, file. Rejoins ton cours, vite, avant que je perde patience !

*L'élève sort et le surveillant entre.*

Ah, Ahmed, vous voilà.

*Ahmed est essoufflé, mais il veut commencer à parler.*

Attendez, Ahmed. Reprenez votre souffle, je préviens la Principale.

*Elle décroche le téléphone. La Principale entre dans le bureau de la C.P.E.*

### La Principale

Ah, Ahmed, vous êtes là. Quelles nouvelles ? Avez-vous vu monsieur Rousseau ?

### Ahmed

*Fier de lui. Il insiste sur le « mais ».*

Non, je n'ai pas vu monsieur Rousseau, <u>mais</u> j'ai vu sa femme de ménage.

### La Principale

Mais enfin Ahmed, ce n'est pas sa femme de ménage que je vous ai dit d'aller voir. Que je sache, ce n'est pas sa femme de ménage que nous cherchons !

### Ahmed

*Il prend un air important, comme s'il était un véritable enquêteur.*

Attendez, Madame la Principale, je vais vous expliquer. La femme de ménage m'a dit que son cartable n'était pas là, ce qui prouve… *(il fait durer le plaisir)* ce qui prouve qu'il avait bien l'intention de venir au collège en quittant son domicile.

### La Principale

*Insistant bien sur les mots ici en gras.*

Non, Ahmed, ça ne prouve rien. Et vos interprétations ne m'intéressent pas. Je veux **des faits, rien que des faits**.

### Ahmed

*Après quelques secondes de réflexion.*

En fait, il y a bien autre chose, mais je ne sais pas si ça vous plaira…

### La Principale

Mais enfin, Ahmed, parlez !

### Ahmed

Voilà. La femme de ménage m'a dit que son lit n'était pas **défait**.

### La Principale

Et pourquoi ça ne me plairait pas ?

### Ahmed

Parce que vous avez dit "**Des faits, rien que des faits**"... et son lit n'est pas **défait**.

### La Principale

*Elle regarde Ahmed d'un air médusé.*

Voyons, Ahmed, si son lit n'est pas défait c'est qu'il n'a pas dormi chez lui.

### Ahmed

C'est exactement ce que je pensais ! Vous êtes géniale, Madame le Commissaire… euh, Madame la Principale !

### La Principale

*Un peu flatée par le compliment.*

Elémentaire, mon cher Ahmed. (*Et puis, se reprenant*) C'est bon, Ahmed, vous pouvez retourner à votre travail.

### Ahmed

Merci, Madame le Commissaire, euh, Madame la Principale.

### La Principale

*à la C.P.E.*

Il est toujours comme ça, Ahmed ?

*La C.P.E. se contente de hausser les épaules et de lever les yeux au ciel.*

Nous avons bien peu d'éléments. Quelle heure est-il ? Sept heures trente… Il aurait dû appeler. Qu'en pensez-vous ?

### La C.P.E.

Je suis sûre qu'il...

*La Principale, d'un geste, l'empêche de finir sa phrase.*

### La Principale

Madame Vigie, je vous en prie !

### La C.P.E.

*Reprenant, en pesant ses mots :*

Connaissant Monsieur Rousseau, je me fais du souci. Je crois que nous devrions appeler la gendarmerie.

### La Principale

Vous savez bien qu'on a du mal à faire venir les gendarmes lorsqu'il y a des bagarres devant le collège. Pourquoi se déplaceraient-ils pour un prof absent ?

*Puis, se ravisant :*

Au fond, vous avez raison. Je vais appeler la gendarmerie. Je vous tiens au courant.

*Elle se lève et sort. L'élève qui était venu faire un billet entre.*

## La C.P.E.

Qu'est-ce qui t'arrive encore ?

## L'élève

Le prof m'a renvoyé.

## La C.P.E.

Et pourquoi il t'a renvoyé ?

## L'élève

Parce que je dormais.

*La C.P.E. le regarde, médusée. Elle secoue la tête de gauche à droite.*
*La Principale entre à nouveau dans le bureau.*

## La Principale

Ca y est, j'ai eu la gendarmerie. Ils envoient deux gendarmes.

*Elle regarde l'élève.*

Que fais-tu là, mon garçon ? Pourquoi n'es-tu pas en cours ?

## L'élève

Je dormais, m'dame.

## La Principale

Crois-tu que tes parents t'envoient à l'école pour dormir ?

## L'élève

Non, m'dame. Il m'envoient à l'école pour être tranquilles.

## La Principale

Montre-moi ton carnet de liaison.

*Elle lit :* « Dormait en classe... Dormait en classe... » Tu ne dors pas suffisamment la nuit ?

## L'élève

Non, m'dame.

## La Principale

Pourquoi ça ? A quelle heure est-ce que tu te couches ?

## L'élève

Après le film, m'dame.

## La Principale

Quel film ?

### L'élève

M'dame, le film, quoi !

### La Principale

Ah, je comprends. Tu veux parler du film qui passe le soir tard sur Canal Satellite.

### L'élève

C'est ça, m'dame. Vous aussi vous le regardez ?

### La Principale

*Fâchée.*

Non, jeune homme, mais je sais quel genre de film passe tard le soir sur Canal Satellite et je suis très fâchée que tu regardes ça au lieu de faire tes devoirs.

*Les gendarmes entrent.*

*Au garçon :*

Nous en reparlerons plus tard dans mon bureau. File en permanence !

*Aux gendarmes :*

Messieurs, merci d'être venus si vite. Voici la situation : Monsieur Rousseau, un de nos professeurs de français, ne s'est pas présenté au collège ce matin. Il n'a pas appelé et il n'est pas chez lui. Nous sommes inquiets.

### 1er gendarme

Mais non, il est un peu tôt pour s'inquiéter. Je suis sûr qu'il avait autre chose à faire.

### La Principale

Ce n'est pas possible. Il aurait téléphoné. Monsieur Rousseau n'est jamais absent, jamais en retard.

### 2nd gendarme

*Ironique.*

Ah bon, ça existe des professeurs qui ne sont jamais absents et jamais en retard ?

### La Principale

Plus que vous ne croyez. Mes professeurs sont tous sérieux et dévoués.

### 2nd gendarme

Que voulez-vous qu'on fasse ? On ne va tout de même pas explorer tout le lagon ?

### La Principale

Pourquoi le lagon ?

### 1er gendarme

Parce que tout le monde sait que les professeurs passent leur temps sur le lagon ou sur les plages.

### 2nd gendarme

Et du temps, ils en ont. Toujours en vacances : Noël, Carnaval, Pâques...

*Le premier gendarme s'esclaffe.*

### La Principale

Messieurs, je ne vous ai pas fait venir pour critiquer les enseignants. Aidez-moi plutôt à retrouver ce professeur.

### 1er gendarme

*Redevenant sérieux.*

Nous allons voir ce que nous pouvons faire. Bon, nous devons y aller. Au revoir, Madame la Principale, *(à la C.P.E.)* au revoir Madame.

*Ils sortent.*

### La Principale

C'est ça, au revoir !

### La C.P.E.

Madame la Principale, vous avez entendu comme moi ? Ils ont parlé d'explorer le lagon. Je suis sûre qu'ils pensent que monsieur Rousseau s'est noyé. C'est terrible !

*Au moment où les gendarmes quittent la scène, Fatima, une femme de ménage du collège, arrive en courant. Elle est affolée.*

### Fatima

Madame la Principale, Monsieur Rousseau, Monsieur Rousseau...

### La C.P.E.

*Craignant le pire, elle porte une nouvelle fois ses mains à la tête.*

Je l'avais bien dit. Un malheur est arrivé ! Pauvre monsieur Rousseau, mort noyé !

### La Principale

Ah, je vous en prie, Madame Vigie ! Calmez-vous !

Fatima, que voulez-vous dire ? Vous avez des nouvelles de monsieur Rousseau ?

### Fatima

*Essoufflée.*

Monsieur Rousseau... Monsieur Rousseau...

### La Principale

Vous l'avez déjà dit, Fatima. Est-ce que vous avez vu Monsieur Rousseau ?

*Fatima fait "oui" de la tête.*

### La Principale

Parlez, Fatima. Où avez-vous vu monsieur Rousseau ?

#### Fatima

*Sanglottant.*

Monsieur Rousseau... dans le dépôt... mort !

*Elle prend sa tête dans ses mains.*

#### La C.P.E.

Ah, mon Dieu, je le savais. Mais comment a-t-il fait pour se noyer dans le dépôt ?

#### La Principale

Madame Vigie, vous vous noierez plus tard dans votre chagrin. Allons voir, Fatima.

*Ils sortent tous.*

## Scène 3

*Dans le dépôt du matériel scolaire. Monsieur Rousseau est allongé par terre au milieu de copies éparpillées. Il ne bouge pas et semble mort. Les élèves se sont approchés, intrigués.*

#### La C.P.E.

C'est affreux ! Pauvre Monsieur Rousseau !

#### La Principale

Il est trop tôt pour se lamenter, madame Vigie. On ne sait pas s'il est mort.

*Elle s'agenouille et approche son visage du professeur.*

#### Elève B

*À un camarade.*

Tu crois qu'elle va lui faire le bouche-à-bouche ?

#### La Principale

Il respire ! Il respire ! Il n'est pas mort.

*La C.P.E. pousse un petit cri et s'évanouit.*

#### La Principale

*Elle secoue monsieur Rousseau.*

Monsieur Rousseau, Monsieur Rousseau, réveillez-vous !

*Après quelques secousses assez fortes, le professeur se réveille et regarde autour de lui. Il a l'air serein, juste un peu surpris de voir autant de monde. Fatima croit voir un fantôme et s'évanouit à son tour.*

Ahmed, allez-voir si l'infirmière est là. Si ça continue, tout le collège sera bientôt par terre !

*L'infirmière arrive et trébuche sur Fatima. Elle se retrouve par terre.*

### La Principale

Ah, on peut dire que vous tombez bien !

*L'infirmière entreprend de ranimer les deux évanouies avec un masque à oxygène. Chacune se réveille et, en voyant Rousseau, s'évanouit à nouveau. Cela se répète plusieurs fois.*

*La Principale s'adresse à monsieur Rousseau :*

Eh bien, Monsieur Rousseau, que vous est-il arrivé ? Vous nous avez fait une de ces peurs !

### Rousseau

Je suis désolé de vous avoir fait peur.

*Il reprend peu à peu ses esprits.*

Je me rappelle... C'était hier, après les cours... Je suis venu rapporter le magnétophone dans le dépôt.

*Il se lève et s'approche peu à peu de l'avant-scène.*

*Tous se sont regroupés autour de lui et l'écoutent avec attention.*

En le posant sur l'étagère, j'ai laissé tomber mon cartable. Il était mal fermé et les copies de rédaction de la 3ème A se sont éparpillées... Vous voyez, elles sont encore là. Une des feuilles est tombée à mes pieds et, je ne sais pas pourquoi, je me suis mis à la lire. Et là, ce fut le choc. Pour la première fois, en vingt-cinq ans de carrière, j'avais sous les yeux une excellente copie, une copie exceptionnelle. L'élève me faisait voyager dans le monde qu'il avait créé et j'ai perdu le contact avec la réalité.

*Il s'arrête un instant et reprend.*

J'avais aussi des heures de sommeil en retard, alors je me suis endormi pour de bon.

### L'élève retardataire

*À un camarade :*

Encore un qui regarde Canal Satellite la nuit !

### La Principale

Quel était le sujet de cette rédaction ?

### Rousseau

Vous allez rire. Le sujet était : "Votre professeur a disparu. Imaginez ce qui a pu lui arriver."

### La Principale

En effet, c'était un sujet prémonitoire !

### Elève A

Monsieur, on peut savoir quel sera le prochain sujet de rédaction ?

## La Principale

Allons, laissez Monsieur Rousseau reprendre ses esprits !

## Rousseau

Rassurez-vous, madame la Principale, je vais bien. Un élève qui pense déjà à son prochain devoir, c'est tellement rare ! J'ai l'impression d'être encore dans mon rêve.

*S'adressant à l'élève :*

Je n'ai pas eu le temps d'y réfléchir. Aurais-tu un sujet à me proposer ?

## L'élève

Ben, m'sieur, vous nous demandez d'imaginer que le prof a disparu et vous disparaissez vraiment. Alors pourquoi ne pas nous demander d'imaginer que les élèves ont disparu. Peut-être que nous aussi on disparaîtrait !

*En aparté :*

Je connais deux ou trois endroits où on pourrait se cacher et où ils ne risquent pas de nous retrouver.

*Rires.*

*Rideau*

# Le Crabe et la Tortue

## Acte II

**Crabe**

Ça vous a plu ?

**Tortue**

Oui, c'était pas mal. Mais je n'ai pas aimé la fin.

**Crabe**

Ah bon ? Pourquoi ?

**Tortue**

Je trouve que ça finit trop brutalement. J'aurais aimé que les élèves se cachent et que les professeurs les cherchent.

**Crabe**

Oui, je vous comprends, ma tortounette, mais les élèves sont nombreux et les cachettes ne manquent pas. Si les professeurs avaient dû les chercher tous, ça aurait pris du temps !

**Tortue**

C'est vrai. Moi, au moins, pour me cacher je n'ai pas de problème. Je rentre dans ma carapace et hop, ni vu ni connu !

**Crabe**

Et moi, je rentre dans mon trou !

**Tortue**

Dites-moi… Je peux vous poser une question ?

**Crabe**

Je vous en prie !

**Tortue**

Que faites-vous sur cette plage, dans la nuit, au lieu de dormir dans votre trou ?

**Crabe**

*Gêné.*

Oh, je me promène… Je fais de l'exercice… Je regarde les étoiles… Je cherche de quoi manger…

**Tortue**

Ah, vraiment ! Et on peut savoir ce que vous mangez habituellement ?

**Crabe**

Euh… eh bien… ça dépend !

**Tortue**

Et ça dépend de quoi ?

**Crabe**

De… ce que je trouve !

**Tortue**

Et vous trouvez quoi d'habitude ?

**Crabe**

*Il essaie de détendre l'atmosphère avec une autre blague.*

Ma tortue… vous me… tortu-rez avec vos questions !

**Tortue**

*Pas amusée.*

Vous ne vous en sortirez pas avec une plaisanterie, monsieur le crabe. J'ai un sérieux doute concernant votre régime alimentaire.

**Crabe**

*Très gêné.*

Ah bon ? Que voulez-vous dire ? Un crabe, ça mange de tout !

**Tortue**

Même des jeunes tortues ?

**Crabe**

*Il se cache le visage avec ses pinces.*

Mais, ma tortounette… C'est le cycle de la vie… La chaîne alimentaire… On ne peut pas lutter contre ça !

**Tortue**

Espèce de monstre ! Vous avouez enfin ! Voilà donc pourquoi vous vous trouvez sur cette plage la nuit !

**Crabe**

Je l'avoue, quand les petites tortues naissent, c'est un grand moment pour moi.

*Il se lèche les « babines ».*

Elles sont si nombreuses, alors une de plus ou de moins…

### Tortue

Et dire que je vous ai écouté tout ce temps ! « Ma tortounette » par ci, « Ma tortounette » par là... Oh, j'ai honte de vous avoir fait confiance.

### Crabe

Vous n'avez rien à craindre, je ne vais pas vous manger.

### Tortue

Moi non, mais mes enfants peut-être ! Je ne veux plus vous voir... Disparaissez !

### Crabe

Mais enfin, écoutez-moi !

### Tortue

Disparaissez, vous dis-je !

### Crabe

Comme vous voudrez. Mais je suis triste...

### Tortue

Triste ? Pourquoi ?

### Crabe

Parce que si je disparais, personne ne va s'inquiéter de ma disparition. Personne ne s'inquiète d'un crabe qui disparaît ! Personne ne va écrire une pièce intitulée « Le crabe a disparu ».

### Tortue

Eh bien, tant mieux, parce que je trouve que ce spectacle a bien assez duré.

### Crabe

Adieu, ma chère tortue.

*Il lui envoie un baiser avec sa pince.*

*La tortue détourne la tête pendant que le crabe s'éloigne.*

### Tortue

*S'adressant au public.*

Qu'est-ce que vous avez à me regarder comme ça ? Ça ne vous suffit pas de me regarder pondre ? Allez, disparaissez vous aussi !

*Elle se retire.*

*Le crabe reste seul. Il semble d'abord désemparé puis, soudain, se met activement à la recherche de petites tortues tout en se dirigeant vers les coulisses.*

*Rideau*

# Insectes

Pièce en un acte pour deux personnages

*Deux femmes métropolitaines sont assises côte à côte, face au public. Elles prennent le thé. A intervalles réguliers, on entend des mouches qu'elles chassent d'un geste de la main. Cela dure plusieurs minutes pendant lesquelles elles ne disent rien, buvant de petites gorgées de thé, entre deux nouvelles « attaques » d'insectes.*

### Jacqueline
Je suis désolé, Bernadette. Ces mouches sont vraiment exaspérantes, je le sais.

### Bernadette
Vous n'y êtes pour rien, Jacqueline. Nous sommes à Mayotte. Il y a des mouches partout !

### Jacqueline
Comment font-ils pour les supporter ? On dirait que ça ne les dérange pas.

### Bernadette
Je pense qu'ils y sont habitués. Avec tous les détritus qui traînent, comment voulez-vous qu'il n'y ait pas de mouches ?

### Jacqueline
C'est bien là le problème. Je ne supporte plus cette saleté !

### Bernadette
Je préfère ne pas penser à ce que les mouches ont mangé avant de se poser sur nous !

*On entend le bruit d'une mouche. Les deux femmes la suivent du regard et le bruit s'arrête quand, de toute évidence, la mouche est tombée dans la tasse de Bernadette.*

### Bernadette
*Repoussant sa tasse.*

Quelle horreur !

### Jacqueline
Laissez, Bernadette, je vais vous donner une autre tasse.

*Elle lui donne une autre tasse et la remplit.*

*Toutes deux boivent en silence, dans un parfait synchronisme des gestes.*

### Jacqueline

Samedi, mon mari est allé à la pêche en bateau. Malheureusement, nous avons dû renoncer à faire griller le poisson au barbecue parce que nous étions en-va-his !

### Bernadette

Envahis par les poissons ?

### Jacqueline

Non, par les mouches ! Une nuée de mouches !

### Bernadette

Mon mari et moi ne mangeons plus dehors à cause de ça.

*On entend un nouveau bruit de mouche. Les deux femmes la suivent du regard en protégeant leur tasse de la main.*

*La mouche se pose sur la table, près du sucre.*

### Jacqueline

C'est insupportable ! Attendez, je vais chercher ce qu'il faut.

*Elle sort et revient avec une tapette à mouches et une bombe insecticide*

*L'insecticide sera, sur scène, remplacé par un brumisateur d'eau minérale dont on aura changé l'étiquette.*

Que préférez-vous ? La tapette ou la bombe ?

### Bernadette

Je n'ai pas l'habitude de cet outil, mais je veux bien essayer.

*Elle prend la tapette et tente de tuer une mouche que l'on entend. Ses gestes extravagants manquent de blesser Jacqueline et de renverser les tasses, mais elle ne parvient pas à tuer la mouche. Comprenant qu'elle n'est pas faite pour cet exercice, elle tend la tapette à Jacqueline.*

Je crois que je vais prendre l'insecticide.

*Elles se remettent à boire, sans dire un mot.*

*A intervalles réguliers, on entend une mouche voler. Jacqueline et Bernadette utilisent alors leurs « armes ».*

*Chaque fois que le bruit se calme, laissant penser qu'une mouche est morte, elles se sourient d'un air satisfait, savourant leur victoire.*

*Après un silence…*

### Jacqueline

Et s'il n'y avait que les mouches, ça ne serait rien !

### Bernadette

Vous avez raison, il y a aussi les moustiques !

### Jacqueline

Quand le soir arrive, c'est l'invasion. 17 heures 30 ! On dirait qu'ils ont des montres !

### Bernadette

J'y ai pensé aussi. Vous croyez qu'ils savent lire l'heure ?

### Jacqueline

*Surprise. Elle ne sait pas quoi penser de la question de son amie.*

Bernadette, vous n'êtes pas sérieuse ? Vous imaginez un moustique avec une montre ? Comment ferait-il pour voler ?

*Elle mime un moustique déséquilibré. Courte pause.*

On a beau se protéger, ils trouvent toujours le moyen de nous piquer. Et leurs piqûres sont tellement douloureuses ! Si on se gratte, ça laisse des traces et ça s'infecte…

### Bernadette

Que faites-vous pour vous protéger ?

### Jacqueline

Nous avons des diffuseurs liquides dans toutes les pièces, sauf dans les chambres où nous avons des diffuseurs à plaquettes et, sous la varangue, nous faisons brûler des serpentins.

### Bernadette

Personnellement, je n'aime pas l'odeur des serpentins. Surtout à table. Je préfère les crèmes répulsives. J'en utilise des tubes et des tubes ! Ça me coûte une fortune !

### Jacqueline

Nous sommes très différentes, ma chère Bernadette ! Je n'aime pas les crèmes. Je suis sûre qu'elles contiennent des produits qui ne sont pas très bons pour la santé.

### Bernadette

Vous croyez ? Si c'était dangereux, les pharmaciens n'en vendraient pas !

### Jacqueline

Lisez donc l'étiquette. Il est écrit : Tenir les enfants éloignés.

### Bernadette

Oh, moi je ne pourrais pas me tenir éloignée de mes enfants. Je les aime trop.

### Jacqueline

Je ne crois pas que ce soit le sens de cet avertissement, Bernadette. Ils veulent juste dire de ne pas utiliser ce produit en présence d'enfants.

### Bernadette

Ah, je préfère ça. Parce que si je dois choisir entre mes enfants et les moustiques, je préfère quand même mes enfants ! Et tant pis si je me fais piquer !

### Jacqueline

Nous aimons toutes les deux nos enfants, ma chère Bernadette, et c'est pourquoi nous pensons à les protéger, même si les produits sont chers.

### Bernadette

C'est bien vrai. Quand il s'agit de protéger la santé de mes enfants, rien n'est trop cher ! Et d'ailleurs, je n'achète que les produits les plus chers parce que mon pharmacien m'a dit que c'étaient les meilleurs.

### Jacqueline

Vous avez sans doute raison. Il faut se protéger. D'autant plus qu'avec les moustiques d'ici, on ne sait jamais. Ils peuvent transmettre le paludisme.

### Bernadette

Oui, c'est ce qu'a dit mon pharmacien. Au début, je n'y croyais pas. On m'avait dit que le palu, il n'y en avait qu'en Grande-Terre, en brousse, mais mon pharmacien s'est moqué de moi. Vous savez ce qu'il m'a dit ?

### Jacqueline

Non…

### Bernadette

Il m'a dit : « Vous croyez que les moustiques ne prennent pas la barge ? »

### Jacqueline

Ils peuvent même voler entre les deux îles. La Grande-Terre n'est pas si loin… Mais votre cher pharmacien a sans doute raison. Ils traversent avec la barge. Gratuitement.

### Bernadette

Ce n'est pas juste qu'ils ne paient pas un ticket de barge pour venir nous piquer !

*Jacqueline la regarde, se demandant si elle est sérieuse ou si elle plaisante.*

*Bernadette reprend après un court silence.*

Pourquoi dites-vous « mon cher pharmacien » ?

### Jacqueline

Parce que vous en parlez tout le temps, Bernadette. « Mon pharmacien » par ci, « Mon pharmacien » par là… On pourrait croire que vous êtes amoureuse de lui.

### Bernadette

C'est vrai que c'est un bel homme. Mais n'allez pas croire que…

*Elle prend soudain un air choqué*

Je suis une femme fidèle !

### Jacqueline

Je n'en doute pas, Bernadette, et pardonnez-moi cette petite taquinerie.

*Après un court silence*

Nous parlions du risque d'attraper le palu. Vous vous rendez compte ? Arriver à Mayotte en bonne santé et repartir avec le paludisme !

### Bernadette

Oui, c'est effrayant ! Les gens meurent du paludisme en Afrique. Vous croyez que ce sont les mêmes moustiques que nous avons ici ?

### Jacqueline

Je ne sais pas, mais ça se pourrait bien ! Tous les moustiques se ressemblent.

### Bernadette

Arrêtez, vous me faites peur ! Je l'avais bien dit à mon mari : « Quelle mouche t'a piqué de quitter la métropole pour venir à Mayotte ? »

*On entend un nouveau bruit de mouche. La tapette l'arrête net. Bernadette est fière.*

### Jacqueline

En voilà une qui ne piquera pas votre mari !

*Elle rit de sa blague.*

Et puis, on parle du palu, mais, entre nous, je suis persuadée que les moustiques peuvent transmettre d'autres maladies.

### Bernadette

Ah ? Vous croyez ? Lesquelles ?

### Jacqueline

N'importe quelle maladie. Supposez qu'un moustique pique une personne infectée. Il digère le sang qui contient le virus, la bactérie ou le parasite et, quand il a encore faim, il cherche quelqu'un d'autre à piquer. Ce sera peut-être vous !

### Bernadette

Mon Dieu, mais c'est horrible ce que vous me dites là !

### Jacqueline

Je ne dis pas ça pour vous effrayer, mais il faut se méfier, on ne sait jamais. Comment vous protégez-vous la nuit ?

### Bernadette

Nous avons des moustiquaires imprégnées.

### Jacqueline

Oui, nous aussi, mais ça n'est pas l'idéal. Parfois, en dormant, on s'approche de la moustiquaire et ils piquent à travers !

### Bernadette

Ou bien ils se laissent enfermer sous la moustiquaire et on ne les voit pas toujours !

### Jacqueline

On dit qu'ils ne piquent pas quand on met la clim.

### Bernadette

Oui, je pense que c'est vrai. Après tout, ils sont comme les gens d'ici, ils ne sont pas habitués au froid.

### Jacqueline

Remarquez, en France, ils se protègent du froid, comme nous.

### Bernadette

Vous croyez ? Je n'ai pourtant jamais vu de moustiques avec des pull-overs ?

### Jacqueline

Je parlais des gens, Bernadette, pas des moustiques !

### Bernadette

Ah, que je suis bête ! Excusez-moi.

Comment font les gens qui vivent dans des cases qui ne sont pas climatisées ?

### Jacqueline

Ma chère Bernadette, entre nous, je crois qu'ils ont bien d'autres soucis.

*Elles se taisent quelques instants, buvant leur thé.*

Et les scolopendres, vous en avez ?

### Bernadette

Les scolos ? Oui, bien sûr ! Je déteste ces bêtes-là. Figurez-vous que l'autre jour, nous regardions tranquillement la télévision quand un énorme scolo a traversé le salon. Il était grand comme ça…

*Elle fait un geste exagéré, comme si la scolopendre mesurait 50 cm*

### Jacqueline

Bernadette, on voit bien que vous êtes née à Marseille. Vous exagérez un peu, non ?

### Bernadette

*Bernadette rétrécit son geste jusqu'à 20 centimètres.*

Je vous jure, il était comme ça… énorme !

### Jacqueline

Nous en avons eu un gros comme ça la semaine dernière. Mon mari a essayé de l'écraser avec sa pantoufle, mais comme il bougeait encore je l'ai achevé avec une de mes chaussures.

### Bernadette

Vous avez achevé votre mari ?

### Jacqueline

*Incapable de savoir si son amie plaisante, elle rit.*

Bernadette, vous êtes sérieuse ? C'est le scolo que j'ai écrasé, pas mon mari.

### Bernadette

Ah, vous me rassurez. Votre mari est adorable et il ne mérite pas ça !

*Elle reprend après une courte pause.*

Si je me servais d'une de mes chaussures pour écraser un scolopendre, je ne pourrais plus jamais la porter. Je mettrais seulement l'autre et tant pis si ça me fait boiter !

### Jacqueline

Mais enfin, Bernadette, réfléchissez.

*Elle prend une de ses chaussures pour mieux se faire comprendre. Bernadette suit attentivement les explications.*

La semelle qui a servi à écraser le scolopendre est dessous… et votre pied est dessus. Donc, votre pied ne touche pas la semelle du dessous. Vous me suivez ?

*Bernadette hésite puis fait « oui » de la tête.*

J'ajoute que le venin ne peut pas traverser pas le cuir.

### Bernadette

Qui vous dit que ça ne traverse pas ? Je n'habite pas chez les voisins et pourtant j'entends tout ce qu'ils disent et tout ce qu'ils font. Ça traverse les murs ! Il y a même des soirs où je dois mettre des bouchons dans mes oreilles.

### Jacqueline

Et avec des bouchons dans les oreilles, vous n'entendez pas les moustiques !

*Elle rit. Puis, reprenant sur un ton ironique…*

C'est terrible ce que vous vivez, ma chère Bernadette.

*Bernadette soupire.*

Pour en revenir aux scolopendres, on dit que les piqûres des petits sont plus douloureuses que celles des gros.

### Bernadette

Oh, je ne veux pas essayer de me faire piquer par les deux pour comparer. Je crains ces bestioles à un point… vous ne pouvez pas imaginer !

### Jacqueline

Je ne vous ai pas dit… Mon mari s'est fait piquer par un scolo l'an dernier.

### Bernadette

Vraiment ? Et il a beaucoup souffert ?

#### Jacqueline
Oui, beaucoup ! Il faut dire que le scolo l'avait piqué au mauvais endroit…

#### Bernadette
Au mauvais endroit ? Il l'avait piqué où ? Dans le jardin ? Dans la maison ? Je ne savais pas que ça faisait une différence.

#### Jacqueline
Bernadette, je veux parler d'un endroit précis… sur son corps !

*D'un mouvement de la tête, elle désigne l'endroit concerné.*

#### Bernadette
Vous voulez dire que le scolo l'a piqué… là ?

*Jacqueline fait « oui » de la tête.*

#### Bernadette
Mon Dieu, le pauvre ! Comment est-ce arrivé ?

#### Jacqueline
Mon mari a la mauvaise habitude de dormir tout nu…

#### Bernadette
*étonnée*
Nooon !!!

#### Jacqueline
Siiii ! Et le scolo était caché sous les draps.

#### Bernadette
Qu'avez-vous fait pour le soulager ?

#### Jacqueline
Rien ! Que pouvais-je faire ?

#### Bernadette
Quand même, vous auriez pu… je ne sais pas moi… Mais le laisser souffrir sans rien faire ! Mon mari vous dirait que c'est de la non-assistance à personne en danger !

*Jacqueline ne répondant pas, Bernadette poursuit :*

Et il a souffert longtemps ?

#### Jacqueline
Oui, plusieurs heures… Et c'est resté dur pendant huit jours!

#### Bernadette
Oh, le pauvre ! Dur à cet endroit, il n'a pas eu de chance ! Heureusement, ça n'est jamais arrivé à mon mari.

*Elles s'arrêtent à nouveau pour boire du thé. Des bruits de mouche provoquent de nouveaux jets d'insecticide et des claquements de tapette.*

### Jacqueline

Il y a aussi les araignées !

### Bernadette

Ah oui, ces grosses araignées répugnantes… Il y en a partout dans le jardin.

### Jacqueline

Si vous ne détruisez pas rapidement leurs toiles, elles vous envahissent !

### Bernadette

Le pire, c'est qu'on ne les voit pas toujours. Un soir, en marchant dans le jardin, j'ai pris une toile dans la figure. C'était horrible !

### Jacqueline

Vous avez eu de la chance ! L'araignée aurait pu vous prendre pour une proie et vous enrouler dans ses fils de soie pour vous manger plus tard !

### Bernadette

Vous croyez ? Je l'ai vraiment échappé belle, alors !

*Elles boivent encore du thé, en silence.*

### Jacqueline

Et les fourmis…

### Bernadette

Vous en avez aussi ?

### Jacqueline

Si j'en ai ? Mais tout le monde en a ici ! Je ne sais plus quoi faire. J'ai tout essayé : les pièges, le poison, les bombes… Rien n'y fait ! Elles reviennent toujours.

### Bernadette

Moi, je mets tout au frigidaire : le sucre, le pain… Sinon, il faut tout jeter.

*Elles boivent une gorgée de thé, en silence.*

Heureusement, il n'y a pas beaucoup de cafards. Quand nous habitions au Maroc, nous étions envahis par les cafards.

### Jacqueline

Quelle horreur, les cafards !

### Bernadette

Je crois que les cafards sont plus intelligents que nous.

*Jacqueline la regarde, persuadée que les cafards sont plus intelligents que son amie.*

Ils se faufilent partout et ils savent tout faire : courir, voler, nager…

### Jacqueline

On dit même qu'ils résistent aux radiations.

### Bernadette

Vous avez sans doute raison. Je n'ai jamais entendu dire qu'un cafard avait été radié.

### Jacqueline

Irradié, Bernadette, irradié, pas radié !

### Bernadette

Ah, je me disais aussi…

### Jacqueline

J'ai regardé un reportage récemment. En cas de guerre nucléaire, les seuls survivants seraient peut-être les cafards.

### Bernadette

C'est affreux ! Que deviendrait le monde sans les humains, rien qu'avec des cafards ?

### Jacqueline

Remarquez, nous ne serions plus là pour le voir !

*Elles rient, un peu nerveusement.*

### Jacqueline

Vous reprendrez bien une tasse de thé…

### Bernadette

Ah, non, merci Jacqueline. Je dois y aller. Mon mari va rentrer du travail et je vais vaporiser partout avant qu'il arrive.

*Elles se lèvent.*

### Jacqueline

Surtout, regardez bien s'il n'y a pas de scolopendres dans le lit !

### Bernadette

Oui, oui, je vais bien regarder. Je n'ai pas envie que mon mari se fasse piquer… là !

### Jacqueline

Et revenez quand vous voulez. C'est un plaisir de discuter avec vous. Nous trouvons toujours des sujets de conversation passionnants.

### Bernadette

Oui, c'est vrai. J'ai passé un très bon moment moi aussi. Malgré les insectes.

*Le bruit de mouche revient. Elles quittent la scène en vaporisant et en tapant…*

# Pour ceux qui ne connaissent pas Mayotte

Dans la pièce qui suit, un des élèves parle de « mabawas ».

Ce sont des ailes de poulet surgelées, rebuts d'abattoir lointains. Comme on le devine, elles ne proviennent pas de volailles élevées en plein air, nourries au grain, mais plutôt d'élevages industriels. Les « meilleurs morceaux », blancs et cuisses, sont réservés aux consommateurs qui ont les moyens de les acheter.

Vendues par cartons de dix kilos, les mabawas sont un aliment de base à Mayotte. Elles sont quasiment la seule viande que peuvent s'offrir les familles disposant d'un budget limité.

Mais le succès des mabawas n'est pas seulement dû à leur prix très bas. Leur forte teneur en graisse les rend très savoureuses lorsqu'on les fait griller. Malheureusement, une aile apporte autant de lipides qu'une cuillérée d'huile et ce sont des graisses que l'on appelle « saturées », celles qui contribuent à boucher les artères.

Ce qui est bon à manger est souvent mauvais pour la santé, c'est pourquoi il ne faut pas en abuser.


Il est aussi question de makis.

C'est le nom que donnent les habitants de Mayotte et de Madagascar aux lémuriens, une espèce qu'on ne trouve que sur ces deux îles de l'Océan Indien. Les makis sont d'adorables petits animaux qui ressemblent à des peluches. Ils vivent dans les arbres et se nourrissent de fruits.

Les makis sont menacés par la déforestation qui réduit les endroits où ils peuvent vivre.

# Les dodos n'ont pas sommeil !

### Pièce en un acte

*La scène se passe dans une salle de classe.*

### Le prof
Bonjour, les enfants.

### Les élèves
Bonjour, m'sieur.

### Le prof
Je voudrais vous parler aujourd'hui des espèces menacées. Avez-vous entendu parler d'animaux qui ont disparu ?

### Aziz
Oui, m'sieur. Mon chien a disparu la semaine dernière et mon papa offre une récompense à celui qui le retrouvera.

### Le prof
Je suis désolé pour toi, Aziz, mais je parlais de tous les animaux d'une même espèce, pas d'un animal en particulier.

### Aziz
Alors, tous les chiens vont disparaître, m'sieur ?

### Le prof
Non, les chiens ne sont pas menacés. Je pense aux chimpanzés, aux orangs outans…

### Ben
M'sieur, ce sont des singes !

### Le prof
Oui, les deux espèces que je viens de citer sont des singes. Pourquoi ?

### Ben
Alors, Moussa il est menacé ! Vous lui dites tout le temps d'arrêter de faire le singe.
*Rires…*

### Le prof
C'est ça, amusez-vous. En attendant, ce sont plus de trois mille espèces qui vont disparaître si on ne fait rien. Un mammifère sur quatre, un oiseau sur huit…

### Ben

Mais nous on ne risque rien, on n'est pas des animaux !

### Le prof

Tu te trompes, Ben. Les humains sont des mammifères et ils ne sont donc pas à l'abri des menaces qui pèsent sur les animaux.

### Ali

Par qui on est menacés, m'sieur ? Mon papa est militaire. Il va nous protéger contre nos ennemis.

*Il simule l'utilisation d'un pistolet-mitrailleur.*

### Le prof

Ce n'est pas si simple, Ali, et nous reparlerons plus tard de l'avenir de l'espèce humaine. Je vous repose la question : connaissez-vous des animaux qui ont disparu ?

### Ahmed

Vous voulez dire d'autres animaux que le chien de Aziz ?

### Le prof

Oui !!! Des animaux d'une même espèce ! Tu n'écoutes pas ce que je dis, Ahmed !

### Karim

Moi, je sais. Les dinosaures, m'sieur.

### Le prof

C'est bien, Karim ! Et savez-vous pourquoi ils ont disparu ?

### Ahmed

*Après avoir réfléchi un instant.*

Parce qu'ils étaient vieux ?

### Le prof

Quand on est vieux, on disparaît, c'est dans l'ordre des choses. Les enfants remplacent leurs parents et le cycle de la vie continue. Mais dans le cas de dinosaures, il n'y avait plus de jeunes pour remplacer les vieux. Tous avaient disparu.

### Ben

Ils étaient où, m'sieur ? En France ?

### Le prof

Non, ils n'étaient nulle part.

Tous les dinosaures sont morts presque en même temps. Savez-vous pourquoi ?

### Karim

Moi, j'ai une idée.

### Le prof

Je t'écoute, Karim.

*Les autres se moquent de Karim, le bon élève. Il réagit.*

### Karim

Vous êtes jaloux. Vous vous moquez de moi, mais vous ne savez rien. Bande de nuls !

*Protestations véhémentes des autres.*

### Ben

M'sieur, Karim, il nous injurie.

### Ahmed

Tu vas voir à la sortie, Karim. On va t'envoyer rejoindre les dinosaures.

*Les autres approuvent bruyamment.*

### Le prof

Taisez-vous, à la fin ! Ecoutons l'hypothèse de Karim.

### Karim

Les dinosaures étaient très grands, n'est-ce pas ?

### Le prof

Oui, certaines espèces mesuraient jusqu'à trente mètres de la tête à la queue.

### Karim

Et l'autre jour, vous nous avez dit que l'influx nerveux circule dans les nerfs à la vitesse de quelques mètres par seconde…

*Il regarde ses camarades d'un air supérieur.*

### Le prof

Oui, c'est vrai, mais je ne vois vraiment pas où tu veux en venir…

### Karim

Eh bien, quand on marchait sur la queue d'un grand dinosaure, il ne le sentait que…

*Il calcule mentalement*

Huit ou dix secondes plus tard !

### Le prof

Oui, sans doute, et alors ?

### Karim

Alors, c'est simple : quand sa vie était menacée, il ne s'en rendait pas compte tout de suite et il ne pouvait donc pas se défendre.

*Les autres élèves se regardent, essayant d'imaginer la scène.*

### Le prof

Très intéressante théorie, Karim. Toi, tu écoutes ce que je dis et tu réfléchis.

*Karim se rassoit en adressant aux autres des regards condescendants.*

### Ben

M'sieur, ça veut dire que si on le tuait, il ne s'en rendait pas compte tout de suite ?

### Le prof

*Il soupire et lève les yeux au ciel*

Malheureusement, tous ne réfléchissent pas aussi bien que Karim. Bon, je vous donne la réponse. Il y a soixante-cinq millions d'années, un énorme astéroïde est tombé sur la Terre. Il a creusé un cratère géant et les poussières soulevées au moment de l'impact ont obscurci l'atmosphère, provoquant un refroidissement général du climat. Presque toutes les espèces animales et végétales ont disparu.

### Ahmed

Et pourquoi les dinosaures, m'sieur ?

### Le prof

Parce qu'ils mangeaient beaucoup, en raison de leur taille, et qu'il y avait soudain moins de choses à manger. En période de pénurie, les plus gros ont moins de chances de survivre.

### Ahmed

Est-ce qu'un autre astéroïde pourrait tomber sur la Terre ?

### Le prof

Oui. D'ailleurs, les astronomes surveillent en permanence certains astéroïdes qui pourraient heurter la Terre.

### Ahmed

Alors, m'sieur, Aziz il sera le premier à mourir avec tout ce qu'il bouffe !

*Rires et moqueries.*

### Le prof

Bon, soyons sérieux ! Quelles autres espèces sont menacées ?

### Ben

Les mabawas, m'sieur ?

### Le prof

Tu veux dire les poulets, je suppose.

### Ben

M'sieur, mes parents m'ont dit qu'il y a quelques années on ne trouvait plus de mabawas à Mayotte. C'est bien parce que l'espèce avait disparu !

#### Le prof

C'est vrai, on ne trouvait plus de mabawas parce que beaucoup de poulets étaient malades et on craignait que leur grippe se répande dans le monde entier.

#### Aziz

Mais qu'est-ce qu'on mangerait s'il n'y avait plus de mabawas ?

#### Le prof

On mangerait autre chose, Aziz. Autrefois, on ne connaissait pas les mabawas à Mayotte et personne ne mourait de faim.

#### Aziz

Eh bien maintenant, tout le monde en mange et j'aime beaucoup ça.

#### Ahmed

Ça se voit ! Si ça se trouve, ce n'est pas à cause de la grippe qu'on ne trouvait plus de mabawas sur l'île. C'est parce qu'Aziz les avait tous mangés !

*Rires. Aziz rumine sa colère.*

#### Le prof

Vous n'êtes vraiment pas gentil avec Aziz. Il n'est pas le seul à manger des mabawas.

#### Karim

Moi, je préfère le poisson.

#### Aziz

C'est facile pour toi, ton père est pêcheur. Mais à force de manger du poisson, tu vas avoir des écailles sur tout le corps.

#### Karim

Et toi, à force de manger des mabawas, tu vas avoir des ailes qui vont pousser !

*Il imite le caquètement et le comportement de la poule.*

*Rires. Aziz se lève et menace Karim avec son poing.*

M'sieur, dites à Aziz d'arrêter de me menacer sinon je lui vole dans les plumes !

*Rires des autres élèves. Le professeur a du mal à se retenir.*

#### Le prof

Bon, ça suffit, vous deux ! On retiendra quand même une bonne réponse : le poulet est peut-être en voie de disparition si on ne parvient pas à soigner sa grippe.

#### Ben

M'sieur, Salima, ça fait huit jours qu'elle a la grippe. Vous croyez qu'elle va mourir ?

#### Le prof

Tu dis n'importe quoi ! Salima n'est pas une poule, voyons !

### Ben

Alors, c'est pas la même grippe ?

### Le prof

Pour l'instant, non ! Mais on craint que le virus de la grippe du poulet ne s'attaque à l'homme bientôt.

*Tous sont interloqués.*

Mais rassurez-vous. Il faut avoir confiance en nos chercheurs qui trouveront sûrement un vaccin. Peut-être même plusieurs !

### Ben

Quand même, ça serait mieux que Salima reste chez elle quelques temps ! On ne sait jamais. Il ne faudrait pas qu'elle nous contamine !

### Aziz

C'est vrai ! Elle est peut-être le premier humain atteint de la grippe du poulet !

### Ali

Aziz a raison, m'sieur. Ca serait plus sûr si on se débarrassait d'elle.

### Le prof

Ah bon ? Et comment tu veux faire ça ?

### Ali

Mon papa est militaire, alors il peut s'en occuper…

*Il mime l'utilisation d'un fusil-mitrailleur.*

### Le prof

Tu es devenu fou, Ali ! Allons, soyez sérieux. Quelqu'un a-t-il une question intelligente à poser ?

### Karim

M'sieur, est-ce que les makis sont menacés ?

### Le prof

Bonne question, Karim !

*Karim prend encore son air supérieur, sous les quolibets des autres.*

Pour l'instant, les makis ne sont pas menacés, mais leur nombre diminue. Savez-vous pourquoi ?

### Aziz

On les tue pour en faire des peluches, m'sieur ?

### Le prof

Quelle idée ! Pourquoi tu dis ça ?

### Aziz

Parce que les makis ressemblent à des peluches, m'sieur. Ma sœur en a une. On dirait un vrai !

### Ahmed

M'sieur, c'est pas sa sœur qui a une peluche de maki, c'est lui ! Il ne peut pas dormir sans elle.

### Aziz

Même pas vrai, menteur ! Et toi tu es poilu comme un maki !

### Ahmed

Répète ça et je t'arrache la tête !

*Ils s'approchent l'un de l'autre, prêts à s'affronter. Le professeur doit les séparer.*

### Le prof

Bon, vous deux, vous serez punis. J'en ai assez de ces disputes !

*Courte pause. Le professeur donne des signes d'épuisement.*

### Amina

Pourquoi est-ce que les makis disparaissent, m'sieur ?

### Le prof

Parce qu'on coupe trop d'arbres pour faire du charbon de bois et, comme vous le savez, les makis sont des petits lémuriens qui vivent dans les arbres. Si on supprime leur habitat naturel, ils meurent. Il faudrait arrêter de couper les arbres !

### Ahmed

M'sieur, mais si les mabawas disparaissent, on n'aura plus besoin de charbon de bois puisqu'on n'aura plus rien à faire griller. Alors les makis seront sauvés !

### Moussa

Pas sûr ! Parce que si on n'a plus de mabawas, on va manger les makis à la place !

### Amina

Monstre ! Tu n'oserais pas ?

### Moussa

Je vais me gêner, tiens ! Une cuisse de maki grillé, miam miam !

### Amina

Attends un peu que je t'attrape !

*Ils se courent après.*

### Le prof

Mais qu'est-ce que vous avez, aujourd'hui ?

Si vous ne vous calmez pas je vais me fâcher pour de bon ! Silence !

*Le silence revient.*

Bon, je vais vous parler d'un animal qui a disparu au dix-septième siècle parce qu'on le chassait trop…

### Ben

Il s'appelait comment, m'sieur ?

### Le prof

C'était le dodo.

*Les élèves rient.*

### Ben

C'est pas un nom d'animal, ça ! Ou alors, ils n'ont pas tous disparu. Il y en a encore un au fond de la classe, m'sieur.

*Il montre Aziz qui s'est endormi. Tous rigolent.*

### Le prof

Très drôle ! Pourtant, il s'appelait bien dodo et c'était un oiseau, un peu comme un très gros canard. Il vivait dans l'Océan Indien, pas très loin d'ici, sur l'île Maurice.

### Ahmed

Et comment il est mort, m'sieur ?

### Moussa

Il s'est endormi et il ne s'est pas réveillé…

### Ben

Ou bien, quand il s'est réveillé, il était mort !

### Le prof

Vous êtes bêtes, parfois ! En fait, c'était un oiseau qui ne volait pas et il était donc facile de l'attraper. Les marins portugais en avaient fait leur nourriture préférée.

### Moussa

M'sieur, s'il ne volait pas, c'était pas un oiseau !

*Les autres élèves approuvent.*

### Le prof

Mais si ! Il existe d'autres oiseaux qui ne volent pas. En Australie, il en existe un qui s'appelle le Kiwi.

*Les lèvent rient, pensant que le professeur se moque d'eux.*

### Ben

M'sieur, le kiwi, c'est pas un oiseau, c'est un fruit. J'en ai vu à Score.

### Le prof

C'est un fruit et aussi un oiseau. Ils portent le même nom.

### Nassir

Alors il n'a peut-être pas disparu. Il s'est réincarné en fruit. Mon papa dit qu'on va tous se réincarner un jour.

### Le prof

Je ne voudrais pas contredire ton papa, Nassir, mais le fruit et l'oiseau n'ont rien en commun, si ce n'est le nom. Et si tu dois te réincarner, il vaudrait mieux que ça ne soit pas en fruit ! Bref, le dernier dodo est mort en 1681.

### Amina

Comment il est mort ? Les marins l'ont mangé ?

### Moussa

Non, il s'est suicidé parce qu'il ne restait plus de femelles. Ou bien seulement des femelles comme toi !

*Amina lui tend un poing menaçant.*

### Le prof

Décidément, j'aurai tout entendu aujourd'hui !

### Amina

M'sieur, est-ce que l'homme va disparaître aussi ? Si c'est juste Moussa ça ne me dérange pas, mais est-ce que l'espèce humaine est menacée ?

### Le prof

C'est bien possible, Amina.

### Amina

Pourtant personne ne le mange !

### Le prof

C'est vrai, mais il peut disparaître autrement. Vous voyez, la façon dont vous vous êtes disputés aujourd'hui… Eh bien, c'est comme ça que l'homme peut disparaître. Chez les adultes, ça s'appelle la guerre, tout simplement.

### Ahmed

Compris, m'sieur, on va être sages. On ne veut pas disparaître.

### Le prof

A la bonne heure ! Bon, alors écoutez-moi. Je voudrais que chacun pense à une activité sur le thème du dodo.

### Amina

Moi, je vais écrire un poème.

**Ahmed**

Et si on organisait un voyage à l'île Maurice ?

**Le prof**

C'est une très belle île, mais qu'irions-nous faire sur l'île Maurice ?

**Ahmed**

On irait voir s'il ne reste pas un dodo bien caché…

**Jean**

Mon papa, il est gendarme. Il pourrait nous aider à retrouver le coupable…

**Le prof**

Quel coupable ?

**Jean**

Celui qui a mangé le dernier dodo !

**Le prof**

Mais enfin, Jean, il est mort depuis longtemps. Je t'ai dit que le dernier dodo avait disparu en 1681.

**Jean**

Dommage, mon papa l'aurait mis en prison.

**Aziz**

*Il vient de se réveiller*

J'ai une idée, m'sieur. On pourrait se déguiser en dodos et quand quelqu'un s'approche pour nous manger, on lui saute dessus !

**Ahmed**

Bonne idée ! Mais pour se déguiser en dodo, il faudrait en avoir vu un. Vous avez une photo, m'sieur ?

**Le prof**

Ahmed, au dix-septième siècle, il n'y avait pas de photos ! Toutefois, des dessins ont pu être réalisés à partir des ossements qu'on a retrouvés. Tenez, en voici un.

*Il montre l'image d'un dodo.*

**Ahmed**

M'sieur, Aziz il n'aura pas besoin de se déguiser !

**Le prof**

Ah bon ? Pourquoi donc ?

**Ahmed**

Parce qu'il ressemble déjà à un gros dodo, m'sieur !

**Aziz**

Attends que je t'attrape, tu ne vas plus ressembler à rien quand je t'aurai mis une bonne raclée !

**Le prof**

Ca y est, ça recommence ! Je vais craquer !

*Aziz pourchasse Ahmed.*

*La sonnerie retentit, annonçant la fin de cours.*

*Les élèves se précipitent dehors.*

**Tous**

Au revoir, m'sieur, à demain.

**Le prof**

Oui, c'est ça, à demain. Je sens que je vais bien dormir ce soir.

*Les élèves sortent et un autre professeur entre.*

**Collègue**

Ils sont pénibles aujourd'hui. Je ne sais pas ce qu'ils ont. J'ai dû tellement crier que je suis au bord de l'extinction de voix.

**Le prof**

Et moi, je suis carrément en voie d'extinction !

*Ils sortent.*

*Rideau*

# Pour ceux qui ne connaissent (toujours) pas Mayotte !

Située dans l'Océan Indien, entre Madagascar à l'est et le Mozambique à l'ouest, Mayotte est, depuis 2009, le 101$^{\text{ème}}$ département français. Il s'agit d'un archipel constitué de deux îles principales et de plusieurs îlots, à l'intérieur d'un immense lagon.

Le seul moyen de se déplacer entre la Petite Terre et la Grande Terre est un bateau que l'on appelle une barge. Passagers, marchandises, véhicules à deux et quatre roues trouvent place sur ces bateaux typiques de Mayotte.

Lorsqu'une barge quitte Mamoudzou, la « capitale » située en Grande Terre, une autre barge quitte Dzaoudzi, sur la Petite Terre. Les départs ont lieu toutes les demi-heures et la traversée ne dure qu'une quinzaine de minutes.

A Mayotte, on ne « prend pas la barge », on « barge ». Et on barge souvent car l'activité de l'île est répartie sur les deux îles. Sur la Petite Terre, l'aéroport depuis lequel on s'envole pour la Métropole et quelques autres destinations. Sur la Grande Terre, le port et l'essentiel de l'activité économique.

Certains rêvent d'un pont pour relier les deux iles. Ce serait dommage ! Quinze minutes pour faire trois kilomètres, cela laisse le temps d'admirer la beauté du lagon, de rêvasser un peu ou de se détendre après une journée de travail sur l'autre île. Avec la départementalisation, les changements vont vite, trop vite parfois, alors il est bon de garder ce symbole fort d'une vie qui va « polé polé », lentement.

# Barge buissonnière

Pièce en un acte pour deux personnages

**Fatima**

Bacoco, c'est vrai qu'il y a une fille qui conduit la barge ?

**Grand-père**

Oui, Fatima, c'est vrai. C'est la première femme capitaine d'une barge.

**Fatima**

Je n'aimerais pas être capitaine d'une barge !

**Grand-père**

Ah bon ? Tu voudrais que ce soit seulement des hommes qui conduisent la barge ?

**Fatima**

Non, ce n'est pas ce que je voulais dire, grand-père. Je ne crois pas que ce soit très amusant de faire toujours le même trajet. Mamoudzou, Dzaoudzi, Mamoudzou…

**Grand-père**

Je te comprends, mais c'est un travail nécessaire. Les gens ont besoin d'aller de Mamoudzou à Dzaoudzi et de Dzaoudzi à Mamoudzou.

**Fatima**

Oui, bien sûr, mais ce serait tellement mieux si la barge pouvait parfois aller ailleurs.

**Grand-père**

Ma petite fille, je te reconnais bien là. Tu rêves, tu rêves… C'est de ton âge. Les adultes ont toujours de bonnes raisons pour expliquer que les choses ennuyeuses sont nécessaires. A ton âge, on n'aime pas les choses ennuyeuses et c'est bien normal.

Je vais te raconter une histoire. Je suis sûr qu'elle va te plaire.

Il y avait une fois un vieux capitaine à la veille de la retraite. Pendant plus de vingt ans, il avait conduit sa barge de Mamoudzou à Dzaoudzi, avec une régularité exemplaire. C'était le plus respecté de tous les capitaines du STM, le Service des Transports Maritimes, et c'est précisément à cause de son sérieux qu'on l'avait choisi pour effectuer une dernière traversée un peu particulière. Le matin de son dernier jour de travail, il était à son poste, attendant des passagers très spéciaux et très importants.

**Fatima**

Des ministres ?

#### Grand-père

Non, des personnages encore plus importants !

#### Fatima

Des présidents ?

#### Grand-père

Non, tu n'y es pas. Les passagers importants de ce jour-là étaient des élèves.

*Fatima est étonnée.*

Je vais tout t'expliquer. Plusieurs instituteurs de Grande Terre avaient décidé d'emmener leurs élèves en Petite Terre pour leur faire découvrir l'aéroport et le Dziani, l'ancien volcan. Le capitaine était fier d'avoir été choisi pour cette mission. C'était aussi une grande responsabilité et il priait pour que tout se passe bien.

*« Après tout, se disait-il, ce n'est qu'une traversée de quinze minutes que j'ai effectuée des milliers de fois. Que peut-il se passer ? J'ai tort de m'inquiéter... »*

Il ne se doutait pas que cette traversée n'allait pas ressembler aux milliers d'autres.

Il était 9 heures précises quand il fit retentir la sirène annonçant le départ. Derrière lui, les enfants poussaient des cris de joie.

#### Fatima

Juste parce qu'il venaient en Petite-Terre ?

#### Grand-père

Toi, tu as l'habitude de faire cette traversée, mais c'était la première fois pour la plupart de ces enfants. La grande taille de la barge les impressionnait. Elle était tellement plus grande que les barques de pêcheurs qu'ils voyaient tous les jours. C'était un peu comme si on les avait fait monter dans une fusée, tu comprends ?

#### Fatima

Grand-père, ils ne pensaient quand même pas aller sur la Lune ou sur Mars ?

#### Grand-père

Non, bien sûr ! Mais l'endroit où ils sont allés est bien plus beau, tu verras.

Ne brûlons pas les étapes et laisse-moi te raconter la suite.

#### Fatima

D'accord, grand-père. C'est promis, je ne vais plus t'interrompre.

#### Grand-père

La barge venait de faire son demi-tour habituel, pour se mettre dans le sens de la marche et prendre la direction de Dzaoudzi, quand un élève, moins timide que les autres, monta les quelques marches qui mènent à la passerelle et s'approcha du capitaine. Voici ce qu'ils se sont dit.

*Le grand-père change sa voix pour faire parler les personnages.*

### *Ibrahim*

*Bonjour, Monsieur. C'est toi qui conduis la barge ?*

Le capitaine aurait dû lui dire de retourner à sa place car l'accès à la passerelle est interdit aux passagers, mais ce jour-là n'était pas un jour comme les autres. Et puis, cet enfant semblait si émerveillé qu'il n'eut pas le cœur de le gronder.

### *Capitaine*

*Oui, c'est moi. Tu veux voir comment ça marche ?*

L'enfant observait tous les mouvements du capitaine, sans dire un mot. Cela dura une minute ou deux. Puis il reprit :

### *Ibrahim*

*Monsieur, je n'ai pas envie d'aller à Dzaoudzi.*

### *Capitaine*

*Vraiment ? Et où donc voudrais-tu aller ?*

### *Ibrahim*

*Je voudrais aller à l'îlot de sable blanc.*

### *Capitaine*

*Ah bon ? Mais cette barge va à Dzaoudzi, mon garçon.*

### *Ibrahim*

*Dommage. J'ai toujours rêvé d'aller à l'îlot de sable blanc.*

Le petit garçon avait l'air si triste que le capitaine fut très ému.

### *Capitaine*

*Tu as déjà demandé à tes parents de t'y emmener ?*

### *Ibrahim*

*Non, monsieur. Mes parents ne vont jamais nulle part. Ils sont trop occupés.*

### *Capitaine*

*Tu as vraiment envie d'y aller ?*

### *Ibrahim*

*Oh, oui ! Depuis que je l'ai aperçu j'y pense tous les jours !*

Le capitaine était troublé. Pourquoi avait-il posé cette question qui laissait un espoir à l'enfant. Aller ailleurs qu'à Dzaoudzi était impossible, il le savait bien. Il n'en avait même jamais eu l'idée.

Le petit garçon revint à la charge.

*Dis, tu veux bien m'emmener à l'îlot de sable blanc ?*

### *Capitaine*

*Mais c'est impossible, les barges ne vont pas là-bas.*

### Ibrahim

*Tu veux dire qu'elles ne peuvent pas y aller ?*

### Capitaine

*Non, ce n'est pas ça le problème. C'est interdit, c'est tout. Et puis, de toute façon, je suis sûr que tes petits camarades ont envie d'aller à Dzaoudzi. Tu ne voudrais pas les priver de ça !*

Ibrahim réfléchit quelques secondes puis sortit de la cabine pour aller retrouver ses camarades. Quelques instants plus tard, tous les enfants criaient…

« *Sable blanc ! Sable blanc !* »

Le petit Ibrahim retourna voir le capitaine et lui dit :

*Tu les entends ? Ils sont tous d'accord avec moi. C'est à l'îlot de sable blanc qu'on veut aller.* »

« *Cet enfant sait ce qu'il veut !* », pensa le capitaine, fasciné par la détermination de ce petit garçon au sourire d'ange.

« *Sable blanc ! Sable blanc !* » criaient les enfants de plus belle.

Alors, le capitaine le plus ancien et le plus respecté du STM fit une chose insensée. Il mit la barre à tribord, direction plein sud.

### Ibrahim

*On ne va plus à Dzaoudzi ?*

### Capitaine

*C'est bien ce que tu voulais, n'est-ce pas ?*

Ibrahim ouvrit de grands yeux et sauta au cou du capitaine.

### Ibrahim

*Merci, monsieur. Merci !* »

« *Quelle folie !* pensa le capitaine. *Cela va m'attirer de gros ennuis ! Mais peu importe les conséquences si les enfants sont heureux.* »

Et il continua sa route vers l'îlot du sud.

### Fatima

C'est vrai qu'il était un peu inconscient ce capitaine.

Dis-moi, grand-père, je peux te poser une question ?

### Grand-père

Pas encore, Fatima. Tu me la poseras plus tard ta question.

### Fatima

Comme tu veux, grand-père. Que s'est-il passé ensuite ?

### Grand-père

Eh bien, au bout d'une demi-heure, la barge arriva à l'îlot de sable blanc. Par chance, la marée était assez haute pour que le capitaine puisse s'approcher sans risquer de s'échouer sur les coraux. Quand la proue fut sur le sable, il arrêta les moteurs et abaissa la rampe d'accès. Les enfants se précipitèrent vers l'avant du navire et descendirent en se bousculant et en poussant des cris de joie. Plusieurs se retournèrent et envoyèrent des baisers au capitaine qui en fut tout ému. Quelques instants plus tard, tout le monde pataugeait dans l'eau et on assista à la plus mémorable baignade de l'histoire de Mayotte. Jamais l'îlot n'avait connu pareille agitation, tu peux me croire.

### Fatima

Grand-père. Je peux poser ma question à présent ?

### Grand-père

Tu es trop pressée, ma petite fille. Attends la suite. Plusieurs enfants vinrent demander au capitaine s'il y avait à manger sur la barge. La baignade, les courses dans le sable ou dans l'eau, tout cela avait aiguisé les appétits. Malheureusement, il n'y a jamais rien à manger sur les barges et il fallait trouver une solution. Alors, le capitaine demanda aux enfants de remonter à bord et il fit route vers la plage de M'tsamoudou. Une fois arrivé, il descendit et alla voir des amis pêcheurs. Tu imagines leur surprise de voir la barge sur leur plage ! Après avoir expliqué la situation, le capitaine leur demanda de l'aider à nourrir ces petits ventres affamés.

Quelques minutes plus tard, plusieurs pêcheurs montèrent à bord de la barge, chargés de marmites pleines de poissons, de bananes et de manioc. Ils furent accueillis par des cris de joie. La barge repartit, en direction de la plage de Saziley où elle ne tarda pas à arriver. Une nouvelle fois, les jeunes passagers descendirent et se baignèrent pendant que les pêcheurs préparaient un gigantesque voulé. Tu peux me croire, tout fut avalé ! Il ne restait rien au fond des plats ! Le ventre bien rempli, plusieurs enfants firent une sieste sur le sable pendant que d'autres tentaient de monter aux baobabs ou s'inventaient des jeux avec une bonne humeur qui faisait plaisir à voir. Malheureusement, toutes les bonnes choses ont une fin. Epuisés mais heureux, les enfants remontèrent à bord et la barge repartit.

Voilà. Mon histoire est terminée. Je crois que tu voulais me poser une question, n'est-ce pas ? Le moment est venu.

### Fatima

Grand-père, personne n'a rien dit ?

### Grand-père

Comment ça ?

#### Fatima

Personne n'a empêché le capitaine d'aller là-bas avec la barge ? C'est bizarre !

### Grand-père

Tu ne crois pas à mon histoire, alors !

#### Fatima

Je ne sais pas grand-père. Je voudrais bien qu'elle soit vraie, mais ça me semble impossible.

### Grand-père

Je constate que tu as grandi, Fatima, puisque tu doutes de mes histoires. Si tu penses que j'ai inventé celle-ci, je suppose que tu ne veux pas en connaître la fin.

#### Fatima

Mais si, grand-père ! Je veux savoir si elle se termine bien.

### Grand-père

Alors, écoute-moi et fais-moi confiance. Je ne voudrais pas faire de la peine à ma petite-fille avec une histoire qui finit mal !

A Dzaoudzi, on s'étonnait de ne pas voir arriver la barge, mais on pensait à un problème technique, à une panne. Quand la rumeur se répandit qu'elle avait été aperçue dans le sud de l'île, quelqu'un téléphona au directeur du STM.

Le directeur était un homme sérieux et responsable. Pas du genre à laisser un de ses capitaines dévier du droit chemin. En apprenant la nouvelle, il laissa exploser sa colère et, sans perdre une seconde, il alerta la gendarmerie qui envoya une vedette dans le but d'arraisonner la barge égarée.

#### Fatima

C'est quoi « arraisonner », grand-père ?

### Grand-père

Tu as remarqué que dans arraisonner il y a le mot raison. Eh bien c'est de cela qu'il s'agit. Les adultes sont des gens raisonnables et un navire qui ne suit pas sa route habituelle, ce n'est pas raisonnable. Alors, on l'arraisonne.

#### Fatima

Je comprends, grand-père. Et que s'est-il passé ensuite ?

### Grand-père

Oh, tu devrais t'en douter. Les gendarmes ont demandé au capitaine d'arrêter la barge, puis ils sont montés à bord et l'ont forcé à retourner à Mamoudzou.

#### Fatima

Et après, que lui ont-ils fait ?

#### Grand-père

Tu tiens vraiment à le savoir ?

#### Fatima

Je ne sais pas si ça va me plaire, mais je dois savoir.

#### Grand-père

Tu as raison, ça ne va pas te plaire.

Arrivés à Mamoudzou, les gendarmes lui ont passé les menottes et l'ont conduit à la gendarmerie, sous les yeux des enfants.

#### Fatima

Ils l'ont mis en prison ? Tu m'avais pourtant dit que ton histoire finissait bien.

#### Grand-père

Rassure-toi. Le capitaine avait commis une grosse bêtise, mais il n'avait rien fait de grave c'est pourquoi il fut vite relâché. Et comme c'était son dernier jour de travail, le directeur du STM n'eut même pas à le licencier.

Pendant les quelques jours qu'il passa en prison, il reçut plusieurs lettres de soutien des enfants de la barge. Il y avait même de beaux dessins qui lui firent venir les larmes aux yeux.

#### Fatima

J'aime mieux ça ! Je n'aurais pas aimé que le capitaine reste en prison. Mais quand même, grand-père, c'est étrange…

#### Grand-père

Qu'est-ce qui est étrange, Fatima ?

#### Fatima

Si ton histoire est vraie, pourquoi est-ce la première fois que je l'entends ? Tout le monde devrait la connaître et j'en aurais sûrement entendu parler !

#### Grand-père

Alors, c'est peut-être bien parce que mon histoire n'est pas vraie.

#### Fatima

Tu m'aurais menti, grand-père ?

#### Grand-père

Non, Fatima, je ne t'ai pas menti. Je t'ai fait rêver. Tu vois, le rêve, c'est un peu comme une barge que l'on détourne. Il te conduit vers des endroits merveilleux et puis, quand il se termine, tu retournes à la réalité.

Tu te souviens de ce que tu m'as dit au début ?

« Ce serait tellement mieux si la barge pouvait aller ailleurs ».

Au fond de toi, tu savais que ça n'était pas possible, mais tu en avais envie quand même. Alors, je me suis arrangé pour que ton rêve se réalise, le temps de ma petite histoire. En te la racontant, je n'ai rien fait de grave, comme le capitaine. Je t'ai un peu menti, c'est vrai, mais mes intentions étaient bonnes et, rassure-toi, je n'irai pas en prison !

**Fatima**

Je ne voudrais pas que tu ailles en prison, grand-père. Je veux que tu me racontes encore plein de petits mensonges pour me faire rêver.

*Elle se blottit dans les bras de son grand-père et le rideau tombe.*

deniscordat@gmail.com